Coordinadora de la colección: Andrea Fuentes Silva
Diseño: José Francisco Ibarra Meza
Dirección artística: Mauricio Gómez Morin
alaorilla@fce.com.mx

A la orilla del viento…

Arciniegas, Triunfo
    Carmela toda la vida / Triunfo Arciniegas ; ilus. de Jotavé. –
México : FCE, 2004
    80 p. : ilus. ; 19 x 15 cm – (Colec. A la Orilla del
Viento)
    ISBN 968-16-7332-8

    1. Literatura infantil I. Jotavé, il. II. Ser III. t

    LC PZ7 Dewey 808.068 A767c

Primera edición en español: 2004

Ilustraciones: Jotavé

© 2004, Triunfo Arciniegas

D.R. © 2004, Fondo de Cultura Económica
Av. Picacho Ajusco 227
14200, México, D.F

Coordinadora de la colección: Andrea Fuentes Silva
Dirección artística: Mauricio Gómez Morin
Diseño: José Francisco Ibarra Meza

www.fondodeculturaeconomica.com

ISBN 968-16-7332-8

Impreso en México / *Printed in Mexico*

Carmela
toda la vida

Triunfo Arciniegas
Ilustraciones de Jotavé

FONDO DE CULTURA ECONÓMICA

Dedico esta historia a todos los niños
que me ayudaron a inventarla
en www.chicosyescritores.org

15 de diciembre de 1960
No sé cuándo empecé a buscar a esa persona. No sé quién es esa persona. No la conozco. Es raro cómo y cuándo la busqué...

9 de enero de 1961
Odio mi cara pues la mira a través de sus ojos. Esta cara no supo fascinarlo.
Amo. ¿Qué se hace en este mundo cuando se ama así?

16 de enero de 1961
...¿Quién escribirá sobre el amor? No yo. Yo amo.

Alejandra Pizarnik, *Diarios*

Marinero de ojos lindos

◆ Había una vez una enana casi calva que se enamoraba de todo el mundo. Su sueño más grande era conseguir novio. Uno que la quisiera para toda la vida.

Alguna vez se enamoró de un marinero que la llevaba en el hombro como si fuera una lora y que le hacía repetir todo el tiempo: "Rebeca quiere cacao. Rebeca quiere cacao. Rebeca quiere cacao".

La tal Rebeca, una portuguesa más flaca que un palo de escoba, había sido novia del marinero hasta que se escapó con un afilador de cuchillos en Veracruz.

La enana se llamaba Carmela Monteverde y no le gustaba el cacao.

—Óyeme, chiquita de corazón grande —decía el marinero—. Alcánzame una botella de ron.

La enana acercaba una escalera, trepaba con esfuerzo hasta el estante superior de la alacena y a veces resbalaba.

La tripulación se reía y el marinero parecía feliz.

—Oye, chiquita, prepáranos una sopita de tiburón y báilanos un tango.

La enana complacía los antojos del marinero, pero no vivía contenta. Se mareaba y se aburría de ver el mar. En Cartagena abandonó al marinero con mucho dolor.

—No me quería —reconoció la enana—, pero tenía unos ojos hermosos.

Se dedicó a recorrer las calles de Cartagena de Indias, arrastrada por los suspiros y fascinada por la luz de la ciudad que se le engarzaba en los dedos. Contempló el milagro del atardecer en la playa y se dejó acariciar por la brisa.

—No es posible tanta belleza —se dijo.

Una mujer casi desnuda escribía con la punta del pie frases de amor en el espejo de la arena húmeda. El mar enamorado lamía sus palabras y, entonces, la mujer escribía otra frase.

La enana seguía suspirando, pero ya no sabía por quién.

El mal se le pasó pronto.

Una negra de cintura de avispa se le acercó curiosa.

—Oye, Carmela, ¿qué hiciste con ese marinero de ojos lindos?

—No sé de qué me hablas —dijo la enana y continuó bebiendo un jugo de melón como si nada.

—Dicen que le destrozaste el corazón.

—Así soy yo —dijo la enana.

Mavé

◆ Carmela despertó feliz. Encontró un pelo en la almohada y lo arrojó al bote de basura con indiferencia. Se bañó y se perfumó toda. Se maquilló frente a la redondez del espejo. Había soñado con nidos y palomas, señales de buena suerte según *El libro de oro de los sueños*, y decidió consultar a Mavé —su bruja de cabecera— para confirmarlo.

Fue a su apartamento en Bocagrande, y le contó el sueño sin guardarse un detalle.

El mar casi entraba por la ventana.

Mavé terminó de pintarse las uñas. Sopló y aleteó. Contempló su obra y se declaró satisfecha.

—¿Significa que estoy a punto de encontrar al hombre de mi vida? —preguntó Carmela.

—Te faltan vuelos, querida, debes crecer.

—Soy enana —dijo Carmela—. Pero tampoco soy un pajarraco.

—Quiero decir que debes buscar. Es posible que te

equivoques, pero, al final, el hombre que elijas te va a querer hasta el más allá.

—¿Tanto así?

—Volverá del más allá para seguirte queriendo.

—¡Qué barbaridad!

Mavé contempló una vez más sus largas uñas, encendió su larga y fina pipa de carey y arrojó al techo un chorro de humo interminable.

—No pierdas la fe —dijo—. No abandones tus sueños.

Carmela se sintió débil, lánguida, en el aire.

—Sueño que soy grande y hermosa, y que los hombres me persiguen para adorarme.

Mavé soltó una risita de ratón.

—Hace días que no como bien —dijo Carmela para disculparse.

—Metafísica estás —bromeó Mavé.

—Patafísica —corrigió Carmela.

—No te avergüences, Carmela Monteverde. Yo también espero que un hombre de bigotes negros llegue hasta mi ventana en un caballo blanco y me lleve al país de los sueños.

—Tendría que ser un caballo con unas patas muy largas —observó Carmela—. Vives en el quinto piso.

—Una ilusión, tú me entiendes, que no se come pero alimenta. Mira el mar, ¿no parece que lo tienes en la punta de los dedos? De noche, dejo la ventana abierta y siento que viene a posarse a los pies de mi cama. El mar. El misterioso mar, amado y temido. En cuanto al hombre, no me importaría que viniera sin caballo y sin bigotes, ni que tomara el ascensor.

—¿Sabes qué me gritan en la calle? —dijo Carmela—. Que cuando sea grande me van a querer montones.

—Hombres diestros en el arte de la crueldad, pero hay otros con el corazón dulce y los huesos aún tiernos.

—Dime dónde —suplicó Carmela.

Mavé regó las cartas sobre la mesa, pero no pudo precisar los rasgos de ningún hombre.

—Veo mucha agua. ¿Será el mar o serán tus lágrimas?

—Mis lágrimas —aseguró Carmela.

—Es como si caminara entre la niebla —dijo Mavé—. Temo que no puedo decirte nada más. Vuelve otro día.

—¿Qué te debo?

—Nada, querida —dijo Mavé—. Invítame un chocolate, que me están chillando las tripas.

El mapa de las estrellas

◆ Carmela se enamoró de un astronauta, un tal John Fitzgerald Pérez, pero se aburrió de mirar las estrellas.

—Ya no puedo imaginar dónde está ese hombre y mucho menos con quién —se dijo la enana—. Las otras mujeres saben que pueden encontrar a sus hombres en los bares o en el parque, pero yo necesito un cohete.

Entonces la enana decidió dejar que el astronauta rodara a su antojo por el infinito. Ya le encontraría destino a su corazón en esta tierra de nadie.

Hizo una estatua de arena en la playa: un hombre tendido, sin rostro, con los brazos de almohada; pero el mar la deshizo en el transcurso de la tarde.

Una niña se le acercó con un cuaderno y un lápiz.

—Carmela, si tienes tiempo, dibújame el mapa de las estrellas —dijo—. Tengo una maestra sin oficio.

La enana garabateó estrellas hasta el anochecer.

—Por favor, Carmela, ¿cuál es la estrella de la dicha?

—Ay, niña, esa estrella no existe —le respondió la enana.

Cine y palomitas

◆ Carmela entró al teatro Almirante para escapar del calor, compró una bolsa de palomitas y se quedó dormida en mitad de la función. Soñó que un caballero le encendía el cigarrillo y le invitaba una copa. Le dedicaba frases dignas de un poeta.

Carmela despertó en medio de un tiroteo. Tres pistoleros con sombrero perseguían por un callejón sin salida a Brad Pitt, el protagonista de *Salvaje en Nueva York*, un hombre flaco, joven y bello, con una barba descuidada y ojos de príncipe azul.

—Qué sueño tan tonto —se dijo Carmela—. No fumo. El fin del protagonista parecía inminente, cuando de pronto, de la nada, salió un auto negro y brillante, conducido por una mujer rubia, vestida de rojo, de amplio escote y brazos desnudos. Las luces del auto iluminaron los intensos y profundos ojos azules de Brad Pitt. La puerta se abrió y el hombre se arrojó al auto como si se tratara de una piscina.

Los disparos rasgaron la noche como relámpagos.

El auto se alejó y los pistoleros lanzaron una maldición.

Uno de ellos estrelló el sombrero contra el piso.

—Un vestido así se me vería bonito —dijo Carmela.

Ciclista de piernas de acero

◆ Carmela se enamoró de un ciclista que no se dejaba alcanzar. Sus ojos eran dulces y sus piernas de acero. La enana le compraba flores, pero nunca lo alcanzaba para entregárselas. Compraba docenas y docenas de flores y las abejas la perseguían, entonces las espantaba a sombrerazos, pues usaba sombrero para disimular la calvicie. Las flores se le desbarataban. Las abejas la picaban y la dejaban toda hinchada. La última vez casi se muere en el hospital. El ciclista no fue a verla porque estaba corriendo. Corría lo más lejos posible de la enana, quien pensó que ese hombre no la quería.

Lastimada por el desaire, Carmela quemó el álbum de recortes de prensa que celebraban sus hazañas deportivas. Se bebió, en pedacitos, con el chocolate del desayuno, su última foto.

Dejó de ver al ciclista.

El periódico y los noticieros se lo recordaban a menudo. Alguna vez vio su cara ensangrentada en la primera página de *El Cucaracho*. Sintió lástima, pero luego se acordó que ese hombre jamás la había querido. El pie de foto explicaba que había ganado la carrera.

Entonces, en vez de lástima, la enana sintió una rabia muy grande. Mujeres bellas se encargarían de limpiar las heridas de su antiguo enamorado.

Volvió a llorar.

Sapo encantadísimo

◆ La enana conoció a un payaso que la mandó a la escuela.

—Una niña como tú no debe estar en la calle.

La enana corrió a esconder las lágrimas. Era una mujer hecha y derecha; chiquita, pero completa. Si fuese hombre ya tendría bigote.

La enana lloraba a la orilla de un pozo.

—Yo puedo quererte, Carmela —dijo un sapo que salió del pozo—. Soy un sapo encantado. Encantador, si tú quieres. Soy Cecilio Vera.

—¿Cómo sabes mi nombre?

—Te vi en el periódico cuando eras la novia del ciclista —dijo el sapo.

—Ah, sí, cuando repartía besos y flores.

—No, cuando estabas toda hinchada en el hospital. Fue casi un milagro que no te murieras.

—Soy tan dulce que hasta las abejas me confunden —dijo la enana.

—Déjame probar tu miel —dijo el sapo y tragó saliva—. Mira, te soy franco, Carmela, yo puedo quererte si te dejas crecer el pelo hasta la cintura. ¿Será que te olvidas de mi nombre? Cecilio Vera de Calatrava. No se te haga raro verme en alguna revista. Más de una actriz de moda anda detrás de mis encantos. ¿Por qué te quedaste tan pelona?

—De tanto peinarme —dijo la enana, y corrió a hablar con su peluquero de confianza, quien le aseguró que su caso era imposible—. Mírame bien.

—Querida, no hay que mirarte dos veces para saber que no tienes remedio.

El peluquero, un hombre bello y lánguido, se pulía las uñas con una lima de acero. Vestido de blanco, teñido de rubio y en sandalias, se soplaba las uñas como si le ardieran, y pulía, soplaba y pulía. Escuchó a la enana sin mirarla, parpadeando como una vaca enamorada.

—Tal vez el champú de petróleo obre un milagro contigo —dictaminó con voz de mujer, y continuó arreglándose las uñas.

La enana compró tres frascos de champú de petróleo con esencia de vainilla y se masajeó el coco durante treinta minutos cada mañana, siguiendo las instrucciones estampadas en el envase. Como el cabello no abundaba, se untó pomada de romero y quina, y se bañó con chichí de recién nacido. Seguía tan calva como al principio, pero no se desanimó. Se tomó tres frascos de un jarabe llamado

"Extracto de Sansón". Carmela no esperaba derribar con sus fuerzas el templo de los filisteos, sino tener unos cuantos pelos para entretener la brisa y la mirada de los transeúntes. Al terminar el tercer frasco de jarabe, se contó los cabellos una y otra vez, dibujando una rayita por cada cabello en un cuaderno escolar: novecientos cuarenta y dos, ni uno más ni uno menos, catorce menos que el mes anterior. Mal aconsejada, se untó chicuca de pato y espantó a todo el mundo. Este último tratamiento, aparte de que no daba resultado, la dejó sin amigos.

—Hueles a sobaco de león —le dijeron.

En un intento desesperado, le rezó al patrono de los esclavos, san Pedro Claver, que no era especialista en milagros capilares. Entró al templo de rodillas y se acercó al altar con el alma en un hilo.

—Pedrito, dame pelos —suplicó.

Lo hizo tantas mañanas que se le pelaron las rodillas.

El sacerdote, un viejo jorobado y tembloroso, lector de poesía y experto ajedrecista, le recordó a la enana que san Pedro Claver, en sus tiempos, no se preocupaba por los cabellos, sino por salvar el pellejo de los pobres esclavos negros que llegaban en los barcos de a montones, y le aconsejó con sabiduría:

—Hija mía, cómprate una peluca.

La enana se limpió los mocos, secó sus lágrimas y se desempolvó las rodillas.

—Lo que me pasa por bruta —se dijo.

Compró una peluca rubia y volvió al pozo.

—¡Qué hermosa estás! —le dijo el sapo que decía que era encantado—. ¿Cómo te creció el cabello tan rápido?

—El amor hace milagros. ¿Vas a quererme?

—Bésame y desencántame —respondió el sapo.

Le enana le dio un beso y lo examinó. Le pareció que seguía siendo el mismo sapo.

—¿No creerás que con un sólo beso vas a desencantarme?

La enana le dio tres docenas de besos y el sapo seguía siendo el mismo sapo. La enana se sintió engañada.

—Ay, Cecilio, tú no eres ningún príncipe.

—Si te enamoras me verás como un príncipe.

—Soy enana pero no tarada.

La enana se arrancó la peluca y salió corriendo.

—Carmela, qué difícil es conseguir novio en estos tiempos —se dijo.

Tomás

◆ Carmela entró en un bar y pidió un jugo de maracuyá. No había. Un hombre gordo, de bigote espeso y cabellos rojos, que la confundió con un payaso porque tenía la nariz toda colorada, se ofreció a traer el jugo de la esquina. La enana, conmovida ante tanta caballerosidad, dijo que aceptaría una cerveza.

—Soy Tomás Carrasco, un hombre con mala suerte, señorita —dijo el hombre y se secó las lágrimas de un manotazo—. El otro día fui donde la bruja Mavé a que me leyera las cartas.

—¿Y qué le dijo?

—Le dio tanta lástima que me arrojó una moneda y me mandó a dormir. Dijo que no me levantara ni a abrir la ventana, porque podía cortarme una mano o resfriarme de muerte con la brisa del mar.

—¿Así es la cosa, caballero?

—Voy a perder el circo. Primero se me murió la mujer, que era chiquita y hermosa como usted. Luego la trapecista se fugó con el payaso. Esta mañana el león rasguñó al domador y me presentó la renuncia.

—¿Quién? ¿El león o el domador?

—El domador, señorita. La culpa es mía: el pobre Rigoberto no come desde el mes pasado.

—¿Qué hacía su mujer?

—Vendía los boletos y domaba a Rigoberto. ¿Por qué lo pregunta, señorita? ¿Quiere ser mi mujer?

La enana, estremecida, dijo:

—Puedo vender los boletos.

—Algo es algo. ¿Lo haría?

—Por un hombre hago lo que sea —dijo la enana, tartamuda y temblorosa.

Fue al circo con el hombre y echó un vistazo a Rigoberto. No era más que un gato flaco y triste. Apenas vio a la enana se retorció, bailó y se echó de espaldas. La enana le rascó la barriga por entre los barrotes de la jaula.

—Usted le cayó en gracia, señorita. A nadie le hacía eso desde que murió mi mujer. ¿Puede venir a las tres?

Carmela volvió a las tres con una caja de galletas Matuk para Rigoberto, eligió un traje de lentejuelas, el mismo de la difunta, que le quedó como anillo al dedo, y se encomendó a la Virgen del Carmen, mientras Tomás Carrasco gritaba:

—¡Señoras y señores, la sensación de América, la estrella del momento, la fantástica, la inigualable Caaarmelaaa

Monteverde!

La enana agitó el látigo en el aire sin sacarse un ojo, moviéndose por toda la pista para disimular el temblor de las piernas. Hizo bailar a Rigoberto, se le montó, le cepilló los dientes y el público aplaudió con entusiasmo.

Tomás le entregó un girasol gigante, más alto que ella, y le propuso matrimonio después de la función.

—Ni siquiera somos novios, Tomás —dijo Carmela.

—Déjame confesarte algo. En el bar te confundí con una payasa. Es una señal divina.

—Estuve chillando como una Magdalena todo el camino, pero ya pasó. Casi me pelo la nariz de tanto sonarme. Te juro que ya no soy una mocosa, Tomás Carrasco. ¿Un marinero, un astronauta, un ciclista y un sapo me van a arruinar la vida? Por supuesto que no, ¿qué se creen?

—¿Quiénes son esos, Carmela?

—Nada más que equivocaciones.

—Carmela, voy a quererte toda la vida.

—También quiero confesarte algo: es la primera vez que me enamoro de un pelirrojo.

—Entonces, ¿te casas conmigo? Eres tan linda como la miel.

Carmela salió corriendo y Tomás fue a buscarla. La encontró sollozando junto a la jaula de Rigoberto, debajo del girasol.

—Estoy llorando de felicidad —dijo Carmela.

—¿Entonces sí?

—Déjame pensarlo —dijo Carmela.

Lo pensó treinta segundos y después dijo que sí.

Boda con ángeles, girasoles y elefante

◆ Los novios madrugaron para casarse en el circo el Miércoles de Ceniza. El novio llegó primero, como a las cinco de la mañana, y esperó muerto de miedo por más de una hora, sofocado por el traje negro con que anunciaba los espectáculos, entre los ángeles y los girasoles gigantes. Los ángeles eran tres amigos de Tomás Carrasco, que vestían alas de alambre y plumas de gallina, túnicas azules, sandalias y aureolas de cartón: Carmela deseaba casarse entre ángeles y girasoles. Tomás se preguntaba si Carmela se había quedado dormida, si se le había olvidado el compromiso o si la bruja Mavé la había convencido de cambiar de idea, cuando la vio entrar a la carpa, toda vestida de blanco, con un ramo de rosas rojas y encaramada en unas plataformas de cincuenta centímetros. No la reconoció de tan alta y hermosa. El vestido se derramaba hasta el piso como una cascada. Carmela parecía una criatura de otro mundo. El novio se quedó con la boca abierta por más de un minuto y el cura tuvo que recogerle la baba.

—Te amo, mi gata.

—Te adoro, mi osito pelirrojo.

—¿Fuiste a ver a Mavé?

—No necesito sus cartas para saber que eres el hombre de mi vida.

Más de medio mundo asistió a la boda: payasos de circos vecinos, trapecistas húngaros, malabaristas rusos, domadores australianos, contorsionistas francesas y aprendices de bruja, magos y adivinos. A última hora apareció Ludovico, el rumano, con su elefante. No había encontrado quién se lo cuidara mientras atendía la invitación de su amigo Tomás Carrasco.

—Por favor, ata el elefante afuera —le dijeron.

Todos recibieron la cruz de ceniza en la frente y, después de la ceremonia, pasaron al asunto del pastel.

—Ahora soy Carmela Monteverde de Carrasco en cuerpo y alma.

—Ahora ya no soy viudo.

En ese momento se soltó el elefante, entró a la carpa y resbaló con una cáscara de banano. Todo sucedió con una extremada e indetenible lentitud. El elefante cayó sentado sobre el pastel y salpicó a todo el mundo. De inmediato, avergonzado, Ludovico volvió a su país con el elefante. Las parejas aprovecharon para lamerse el uno al otro.

—No se preocupen —dijo Tomás Carrasco—. Mi querida esposa y yo los invitamos a pasar a la mesa.

Los invitados atrancaron las lágrimas y recuperaron el entusiasmo.

—¿Nos tendrán pierna de león? —dijeron algunos.

—¿Gato en salsa de almendras? —preguntaron otros.

—¿Orejas de burro al ajillo? —aventuraron otros más.

Pero no. Tan pronto los invitados se acomodaron en las cuarenta mesas, cubiertas por manteles blancos y adornadas con jarrones de rosas, un ejército de camareros repartió chocolate espeso y galletas Matuk, gallina criolla y papas chorreadas. Se podía repetir. Carmela había pasado tres días horneando las galletas Matuk, fruto de una fórmula ultrasecreta. Los Canarios, doce locos pelirrojos que venían del norte y vestían de amarillo, interpretaron *La Cucaracha*. La parranda comenzó de inmediato. Carmela descendió de sus plataformas antes de quebrarse una pata. Se cambió el traje blanco por unos vaqueros y se ató unos tenis viejos para bailar un rato. Los Canarios atendieron sin pausa las peticiones de los invitados. Las señoras se emborracharon y se subieron a los trapecios. La más atrevida coqueteó con Rigoberto, que estuvo a punto de tragársela. Un profesor discutió sobre el origen de la vida con la lora. Los ángeles confundieron las alas y extraviaron las sandalias. Había plumas por todas partes. Las aureolas terminaron destrozadas en la jaula de Rigoberto.

—¡Que vivan los novios! —gritó la lora.

El noticiero de las siete transmitió algunas imágenes de

la boda. El ciclista, el antiguo amor de Carmela, vio a los novios desde el hospital, donde le remendaban los huesos después de una aparatosa caída en el sur de Portugal, y soltó media lágrima. El sapo Cecilio Vera no tenía televisor, pero más de uno acudió al pozo con la noticia. No halló consuelo ni con la Luna. El marinero, en cambio, nunca se enteró. Había naufragado en el Mar de la China. Según la revista *Viaje a las estrellas y pague después*, el astronauta John Fitzgerald Pérez estaba en la Luna, donde, por supuesto, se aburría.

Carmela no se acordaba de ninguno de sus antiguos novios, y menos ahora. Estuvo recogiendo vasos, limpiando mesas, barriendo destrozos, hasta que le dolió el esqueleto. Ni siquiera tuvo tiempo de ver su foto en la página rosa de *El Cucaracho*. Tomás, por su parte, se dedicó a remendar los agujeros de la carpa porque había empezado a llover.

—¡Óyeme, Tomás! —gritó Carmela, en medio del alboroto—. ¿Cuándo va a comenzar mi felicidad?

—Tan pronto como se vaya toda esta gente —dijo Tomás Carrasco desde el techo.

—¿Se irán pronto? —preguntó Carmela—. Casi nadie trajo paraguas.

Tres días después sólo quedaba un payaso.

—¿Y tú quién eres? —preguntó Carmela.

—Bernardo de Sousa, de Bahía.

—¿Familiar de Tomás?

—No. Busco trabajo. Vi el parrandón y me animé. Además, señora, ya estaba lloviendo.

A Carmela le encantó eso de "señora". Era la primera vez que se lo decían: "señora de Carrasco".

—Pues ya tienes trabajo —le dijo—. Debes cuidar el circo mientras nos vamos de luna de miel. Riega los girasoles y no te le acerques mucho a Rigoberto, que a veces amanece de mal genio.

—Demórense cuanto quieran, pero tráiganme alguna cosita.

Tomás aceitó la bicicleta.

—¿Dónde conseguiste tanta comilona y con qué le pagaste a los músicos?

—Como dijo mi tataratatarabuela: "todo tiene solución" —respondió Carmela—. Vendí los monos y la jirafa.

—Nos quedamos con Rigoberto entonces.

—Les pareció caro y flaco.

—¿Y la lora?

—A Serafina la necesito para contarle mis problemas.

Había dejado de llover.

A las tres de la tarde, con un súbito arco iris que los novios tomaron como señal de buena suerte, subieron a la bicicleta y pedalearon por turnos hasta la luna de miel.

Luna de miel

◆ De la luna de miel de Carmela Monteverde y Tomás Carrasco circularon diversas historias, unas ciertas y otras inventadas.

Se dijo, por ejemplo, que los novios pedaleron hasta Bogotá sin contratiempos, que la bicicleta se pinchó en la Nariz del Diablo y que llegaron a Cali empujándola, sucios y desarreglados.

Se dijo que Carmela resbaló con una cáscara de banano en la Plaza de Caicedo y que se le vieron los calzones con los colores de la bandera: amarillo, azul y rojo.

Tomás se retorcía de risa en el piso.

—No lo puedo creer, gatita —dijo, con los ojos encharcados de lágrimas—. Llevas la patria en el trasero.

Se dijo también que los antiguos pretendientes aparecieron celosísimos en el hotel Playa Bonita, de Buenaventura, donde los novios reposaban de tanto pedalear, pero tal incidente no es creíble. El ciclista convalecía en Portugal, el astronauta seguía en la Luna y el marinero se había ahogado en el Mar de la China. Tal vez fue el sapo… pero Tomás, experto en animales, seguramente puso en su sitio a Cecilio Vera de Calatrava o al menos amenazó con aplastarlo.

Se dice que los recién casados se cansaron de pedalear en Buenaventura y se montaron en un camión de naranjas que los llevó a Medellín, donde visitaron a antiguas amistades de Carmela. La niña Lucy los agasajó con jugo de mandarina y pastelitos de chocolate rellenos de almendras, y Silvia O los sorprendió con una serenata.

Luego, agotados, pero contentos, con unas zapatillas de baile para Bernardo de Sousa y una pelota de colores para Serafina, volvieron a Cartagena de Indias.

Sansón

◆ Un hijo redondeó la felicidad de Carmela. Se veía divina con su hijo adentro.

—¡Soy una pelota de dicha! —gritó Carmela.

No se cambiaba por nadie. Así, con los pies hinchados y la cara más redonda que nunca, como recién picada por las abejas, se paseaba por toda la ciudad.

—¡Adiós, Carmela! —le gritaban—. ¿Para cuándo?

—Ya casi —decía Carmela.

—¿Varón o hembrita?

—Será varón.

—Así será —dijo Tomás Carrasco.

Y así fue. Sansón nació a finales de noviembre, con los ojitos dormilones de Carmela y los cabellos rojos de Tomás. Carmela se asustó porque era lindo.

—El bebé más hermoso del mundo —dijo.

—No exageres, mi vida —anunció Tomás—. Dos piernas, dos brazos, veinte dedos. Estoy contento.

—Ojo, mi pelirrojo, si se lo roban, me lo recuperas. Si

un cocodrilo le muerde un dedo, me respondes. Si Rigoberto lo rasguña, pobre de ti.

—¿Si come arañas?

—¡Ay de ti! —amenazó Carmela.

—¿Y si les borra las manchas a las jirafas?

—Te disculpas con las jirafas —dijo Carmela.

—¿Y si les muerde las orejas a los elefantes?

—Esos grandulones no deben molestar al bebé más hermoso del mundo —sentenció Carmela.

—¿Y si se enamora de una gallina?

—Nos quedamos con los huevos.

—¿Y si se va con la lora a recorrer el mundo?

—Me divorcio de ti, pelirrojo.

—Hablaré con Serafina para que eso no suceda.

—Me encanta que tomes precauciones —dijo Carmela.

—¿Y si, en la escuela, el profe nos dice que Sansón es un burro?

—Lo cambiamos de escuela de inmediato.

El hijo de Carmela creció pronto y la dicha del matrimonio se mantuvo como por arte de magia. Tomás Carrasco era medio mago. Sabía sacar conejos del sombrero. Unos conejos flacos y grises, pero conejos al fin y al cabo. De vez en cuando, Carmela anunciaba los espectáculos con pelucas de colores. Al circo no le iba mal. Daba para comer. Hicieron una gira de tres años por todo el País del Sagrado Corazón, cubriendo las ciudades de la luna de miel y unas cuantas más, y regresaron a Cartagena de Indias, que los mantenía hechizados. Hicieron otra gira más breve por Venezuela y una más por Argentina.

Bernardo de Sousa tenía su gracia y a más de una fanática. Le había enseñado a tragar cuchillos a su novia, una carioca que cayó de un circo vecino donde trabajaba como mujer bala.

—Se les fue la mano en la pólvora y por eso terminé en tus brazos —dijo Rafaela Carvalho.

Bernardo y Rafaela bailaban en los trapecios, volaban por encima de Rigoberto, tragaban fuego y se consentían como dos ositos. Tomás se vestía de payaso y bromeaba con la domadora más famosa de América. Para cerrar el espectáculo, las dos parejas presentaban la torre humana, trepándose unos encima de otros con saltos y trampolines, pero lo hacían cada vez menos porque amanecían con dolor de huesos. Serafina jugaba con media docena de aros de colores cuando la salud se lo permitía.

Sansón se encargaba de Rigoberto cuando no había espectáculo. Le daba de comer cada semana y nunca se murió de hambre. Gatos y burros desaparecieron como por arte de magia. Sansón crecía que daba miedo y la gente preguntaba si tomaba vitaminas. Practicaba algunas gracias muy aplaudidas en la bicicleta, que le quedaba cada vez más pequeña.

—¿Qué se dice por allá arriba? —preguntaba Carmela, orgullosa de semejante hijo.

Sansón, más y más flaco, se veía pensativo. Se le enfriaban las orejas y tropezaba con las golondrinas. Deseoso de salir a recorrer el mundo, descuidaba sus deberes: olvidaba asear la jaula y darle de comer a Rigoberto, que soñaba con las praderas africanas.

—¡Ay, la vida está pasando allá afuera y yo aquí, pendiente de este pelagatos! —suspiraba Sansón, desesperado.

El león dormía con un ojo abierto, destripaba siete moscas con un solo latigazo de la cola y esperaba su oportunidad. Alguien le habló de una leona solitaria en Serengueti, una tal Ramona Masai.

Una mañana Tomás Carrasco se levantó de malas pulgas y le alzó la voz a Rigoberto.

Rafaela Carvalho, asaltada por un presentimiento, cerró los ojos mientras batía el chocolate.

Tomás, que seguía renegando, entró a limpiar la jaula y Rigoberto se lo tragó sin discutir, de un solo bocado. Así, todo gordo, escapó.

—Queda cancelado su contrato de trabajo —declaró Carmela—. Ahora que me quedé sin marido, que el león nos abandonó y que la lora casi se muere de vieja, hijo mío, te doy permiso para que te vayas a recorrer el mundo.

—¿Con o sin lora?

—Sin.

Sansón recogió sus trapitos y se fue.

—¿Y nosotros qué? —preguntó Bernardo de Sousa.

—Vamos a cerrar el circo por una temporada —anunció Carmela—. Les concedo vacaciones indefinidas.

—¿Me prestas la bicicleta?

—Está larga de frenos —dijo Carmela.

—Tendré cuidado.

Bernardo saltó a la bicicleta, recogió a su novia y se alejó.

Se vende agua de lágrimas

◆ Cuando Carmela se quedó sola, entró en una terrible depresión. Buscó a Mavé en Bocagrande, pero le dijeron que un hombre de bigotes negros se la había llevado para Bogotá en un Renault 18 blanco. Fue a una farmacia a buscar una medicina que acabara con su llanto. Como el mostrador era demasiado alto, llamó a gritos al boticario, quien la oyó, pero no vio a nadie. Carmela, desesperada, seguía suplicando la medicina.

—¡Virgen del Carmen!, hay fantasmas en esta farmacia —exclamó el boticario.

Furiosa, Carmela se trepó en la primera caja que encontró.

—No soy un fantasma, idiota, soy Carmela.

Entonces resbaló y cayó como un sapo sobre el ajedrez de las baldosas. La faldita levantada dejó expuestos a los ojos del boticario sus calzones de corazoncitos rojos.

—Lo único que me faltaba —se dijo Carmela—. Que me vieran los corazoncitos.

Y se fue corriendo sin dejar de llorar, ya no sabía si de pena o de vergüenza. Lloró tanto que el circo se inundó. Lloró tanto que sus lágrimas hicieron un río que arrastró la carpa, las sillas, los trapecios y los girasoles hasta el mar, donde desaparecieron para siempre.

—Tienes unos ojos muy bonitos como para que llores —dijo la lora, toda mojada.

—¿De dónde sales, Serafina?

—No iba a ser tan boba como para dejarme ahogar —le respondió.

—Llegas como caída del cielo.

—De allá mismo vengo, más Serafina que nunca. ¿Y ahora qué? Nos quedamos solas y viejas.

—Solas sí, pero viejas todavía no —dijo Carmela—. Recojamos las lágrimas que quedan.

Quitaron la arena con los dedos, metieron el agua de las lágrimas en botellitas azules y las vendieron en el vecindario. No necesitaron publicar en el periódico un aviso que dijera: "Se vende agua de lágrimas". Nadie sabía para qué servían, pero ninguno se quedó sin su botellita.

—Se nos acabó el negocio —dijo Serafina—. Creo que vendimos esas lágrimas muy baratas. ¿No podrías llorar otro chorrito?

—Nunca lloro de mentiras —contestó Carmela, ofendida.

—¿Y ahora qué?

—Ya verás.

Carmela se echó la lora al hombro y fue de casa en casa adivinando el futuro. Le decía cosas bonitas a la gente para levantarle el ánimo. Y ésta, contenta, se volvía generosa.

—Que no se entere Mavé.

—¿Por qué? —dijo Serafina—. No eres su competencia, porque Mavé ya no vive en Cartagena. Abandonó la clientela por un hombre de bigotes negros.

—No tengo título de bruja.

—Pero nos va bien, mi señora.

Carmela se acordó de las galletas Matuk y volvió a fabricarlas. Aseguró que se trataba de galletas de la buena suerte y la gente se creyó el cuento. Al parecer, funcionaban. La gente masticaba despacio, concentrada, y las cosas le salían a pedir de boca.

Carmela no sólo vivió bien, sino que hizo algunos ahorros. A medida que mejoraba su situación, frecuentaba restaurantes cada vez más caros y probaba los platos más exóticos.

—Imagínate, Serafina, todas las delicias que mi marido, que en paz descanse, se quedó sin probar.

La lora no dijo nada. Le dolía la cabeza. Después le planteó a la enana un pliego de peticiones: un platito de porcelana china para las sopas de chocolate, arroz con leche los domingos, lentes de sol de marca y pañoleta de seda para pasar de incógnito.

Carmela, por su parte, compró una bicicleta y otros lentes de sol. Fue de ciudad en ciudad, de hotel en hotel, con derecho a usar la cocina para hornear las galletas. Así, con pañoleta de pepitas y lentes oscuros, Carmela y Serafina, gitanas un poco locas, conocieron el País del Sagrado Corazón como la palma de su mano. Después saltaron a Venezuela. Y después a otros países: Brasil, Argentina, Chile y México, donde se amañaron. En Huauchinango, la lora se sintió alicaída y se trepó a un palo de mango a cantar:

Me volví vieja de tanto esperarte,
me volví vieja esperando tu amor...

Carmela la bajó de un carterazo antes de que la policía la arrestara por alterar el orden público.

—¿Saben de un veterinario? —preguntó Carmela.

—En la esquina hay uno muy famoso —le contestaron.

Pequeño mío

◆ Carmela se dirigió a la esquina y casi no reconoció al doctor. Aparte de grandísimo, Sansón estaba fuerte, gordo y colorado. Había obtenido el título de veterinario en la Universidad de Pamplona y ya gozaba de cierta fama.

—Por casualidad, ¿tú no eres el hijo de Carmela? —preguntó la enana.

—Por casualidad, ¿tú no eres la mamá de Sansón? —preguntó el gigante.

—¿Qué haces en los dominios del jaguar?

—Ya no quedan jaguares por estas tierras.

Se dieron un abrazo de quince minutos mientras la lora parecía agonizar.

—¿Y qué tiene esta gallina de colores?

—Dale algo a Serafina, que la veo melancólica. No puede ni con su propio pico.

Sansón le dio una pastilla rosada y la lora empezó a hablar en francés.

—¿Qué dice? —preguntó Carmela.

—Me está mentando la madre. Entre otras cosas, dice que más gallina de colores serás tú.

—Perdónala, Sansón, porque la pobre no sabe lo que dice. Entonces hablas francés, ¿te enseñó alguna francesita?

—Fui a París, la ciudad del amor, pero no había amor para mí —dijo Sansón, y algo le dolió hasta los huesos—. Me tocó buscarlo en otra parte, pero esa es otra historia.

—No me vas a dejar con la curiosidad, precioso. Soy tu madre y quiero saberlo todo.

—Conocí a Alejandra Trujillo una tarde que venía de los Campos Elíseos.

—¿La novia de Brad Pitt?

—Brad es muy poca cosa para tanta divinidad.

—¿Pero no era su novia?

—Chismes de las revistas.

—¿La famosa modelo mexicana?

La famosa modelo de ropa interior y trajes de baño, la mismísima Alejandra Trujillo, adornaba una vitrina de primavera en París. Sansón no creyó que fuese de carne y hueso hasta que la muñeca parpadeó. El corazón se le volvió trizas. La invitó a un lujoso restaurante, donde pidió un martini revuelto pero no agitado, al estilo de James Bond, para impresionarla, y le dijo que se llamaba Carrasco, Sansón Carrasco. Luego alquiló un Mercedes Benz para pasearla por París.

—¿Y qué?

—Y nada, mamá. No la volví a ver.

—¿Entonces qué hiciste?

—Reuní los pedacitos de mi corazón, los pegué con silicona y me fui a estudiar veterinaria a la Universidad de Pamplona.

—Como quien dice, precioso, te decidiste a probar suerte con otros animalitos. Ay, niño, tú no eres el primero a quien una mexicana le parte el corazón. ¿Y cómo fuiste a parar por allá tan lejos?

—En un avión de gallinas que se desvió de curso.

—Mejor ni te pregunto qué hacías dentro de un avión de gallinas.

—Ahora me va bien, mamá. En Huauchinango nadie me dice: "Te voy a dar chancletazos, mocoso sinvergüenza".

—Porque no te conocen como yo.

—México es lindo y querido, a pesar de Alejandra Trujillo. No me doy abasto con la clientela. Necesito una secretaria.

—Aquí tienes a tu secretaria, pequeño mío. Además, tengo unos ahorritos para ampliar la clínica. Y un negocio propio.

Ampliaron la clínica.

Sansón escribió un letrero inmenso: "Se curan animales, se venden galletas y se adivina la suerte".

Un domador trajo un tigre con dolor de colmillos, una señora muy gorda sacó del seno una gata de ojos azules con la cola pelada, y un niño arrastró de una oreja hasta la clínica a un perrito blanco con una pata lastimada.

Sansón recibió una extraña carta de Cuernavaca: "Soy el último jaguar y me duele la barriga", decía. Así que envió las medicinas por correo a la calle Don Juan de los Jardines de Acapantzingo, a nombre de Araceli Morales, según las instrucciones de la misma carta, y le deseó suerte y larga vida al último de los jaguares.

Dos semanas después, Sansón recibió otra carta de agradecimiento de Araceli Morales. El jaguar había dejado no sólo la cama sino su casa para buscar la región más transparente del aire. ¿No tendría el doctor algo para el dolor de huesos? Araceli Morales acababa de caerse de un árbol, a donde se había trepado a comerse una caja de chocolates.

Una coneja llegó de afán a medianoche y dio a luz a tres conejos. Una gata negra hizo lo mismo al amanecer: dos diminutos gatos negros y uno blanco. Sansón y Carmela no se daban abasto en la clínica con tanta visita inesperada.

Ahora necesitaban con urgencia un ayudante para cuidar a los animales que requerían de un tratamiento más largo. Y otro para amasar la harina de las galletas.

—La falta que hace tu papá —suspiró Carmela—. Todavía sueño con él.

Gato apaleado
por ratones grises

◆ La ambulancia llegó con un gato moribundo. Tres ratones grises le habían dado una soberana paliza y lo habían obligado a tragarse un tenedor. El doctor Sansón Carrasco ordenó que lo pasaran al quirófano de inmediato. Carmela se lavó las manos y se trepó a una escalera.

—Llegó carta de Bernardo de Sousa —dijo Sansón—. Bisturí.

—¿Dónde está?

—Ahí, junto a las tijeras.

—Pregunto por Bernardo.

—Feliz de la pelota en Mar de Plata —dijo Sansón—. Gracias.

—O sea que tu fama ya cruzó las fronteras.

—El otro día me envió una paloma para que le enderezara el ala izquierda.

Con pulso firme, el doctor Carrasco abrió la barriga del gato.

—¿Con Rafaela Carvalho?

—No, por correo.

—Pregunto si sigue con Rafaela Carvalho.

—Con la misma —dijo Sansón.

—¿Todavía la tiene tragando cuchillos?

—La puso a vender arroz con coco en la playa. Les va bien. Le propuse a Bernardo que me echara una mano con la clínica, pero está más feliz que una lombriz. Pinzas. Gracias.

El doctor Carrasco extrajo con las pinzas el tenedor ensangrentado.

—¿Preguntó por tu papá?

—¿Quién?

—Bernardo, quién más. ¿Por qué no te concentras?

—Le estoy acomodando las tripas a este animal —dijo el doctor, y se limpió el sudor de la frente con el antebrazo—. Bernardo preguntó por Rigoberto. ¿Has sabido algo de él?

—No. Lo doy por muerto. Pero no voy a soltar una lágrima más.

El doctor Carrasco cerró la herida y remendó.

—¿Lloraste por Rigoberto?

—Lloré ríos por Tomás —dijo Carmela.

—Soñé que papá estaba en una cueva sucia y apestosa y que comía ratones.

—Me haces acordar de un sueño que tuve —dijo Carmela.

El gato abrió los ojos, agradeció las atenciones y salió a buscar a los ratones grises.

—Olvidó el tenedor —dijo Sansón.

—Olvidaste cobrarle.

—Lo haré después de la próxima paliza —dijo Sansón—. ¿Qué soñaste?

—Que Rigoberto no era un león sino un hombre disfrazado de león. Que mantenía secuestrado a Tomás en una bodega oscura, a pan y agua, y que ahora no sabía qué pedir de rescate.

—Aquí hay gato encerrado —dijo Sansón, lavándose las manos.

—Gata, así me decía tu papá —suspiró Carmela—. ¿A qué te refieres?

—Digo que algo me huele mal, mamá.

—Ese gato olía a borracho.

Tres sorbos de ron

◆ Carmela amasaba la harina de las galletas Matuk cuando vio a Sansón brincando en una pata y pensó que se le había caído un martillo en el dedo gordo. Pero no. Así celebraba Sansón las buenas noticias.

Cuando Carmela terminó de redondear las galletas, ya no podía más de la curiosidad.

—Vieron a Rigoberto dándose vida de rico en Veracruz —dijo Sansón, mientras guardaba una navaja y una botella de ron en el morral que acomodó en su espalda—. Dizque está más gordo que nunca. Tengo una sospecha.

—¿Será que se ganó la lotería?

—Se rumora —dijo Sansón—. ¿Me acompañas?

—Voy por el sombrero y nos vamos.

Fueron a Veracruz en bicicleta, Carmela en una pequeña y Sansón en una grande, pero no encontraron a Rigoberto.

—Lo vi camino a Villahermosa —dijo un limosnero.

Pedalearon tres días.

En Coatzacoalcos, descansaron un día para aliviar la hinchazón de los pies.

—¿Quién hizo este país tan grande? —preguntó Carmela.

—Y eso que los vecinos nos robaron la mitad —dijo un vendedor de canastos.

—¿Han visto a un león más gordo que una marrana preñada? —preguntó Sansón.

—Lo vi el fin de semana en Ciudad del Carmen, la Perla del Golfo —dijo una negra que vendía limones y agua de jamaica en el zócalo de Villahermosa—. Una amiga mía le masajeaba la espalda y otra le hacía trencitas. Si llegan de día lo encuentran en la playa. Si no, en la casa de la emperatriz Carlota.

Como a Carmela le dolían las piernas, decidieron dejar su bicicleta con la negra. Se refrescaron con agua de jamaica y continuaron la búsqueda. Con Carmela en los hombros, guiado por el rumor del mar, Sansón pedaleó hasta la Perla del Golfo.

—¿Cómo sabes que Rigoberto sigue gordo? —dijo Carmela.

—Vas a ver —dijo Sansón.

Brincaron a la isla y encontraron a Rigoberto haciendo pompas de jabón debajo de un cocotero. Las trencitas adornadas con cuentas de colores y los lentes oscuros le daban una pinta de cantante de reggae en decadencia.

—He venido a arreglar cuentas contigo, Rigoberto —dijo Carmela.

El león les hizo saber de inmediato que estaba cansado de llevar semejante carga en la barriga.

—Ni que Tomás fuera mi marido para tener que alimentarlo toda la vida —dijo—. Me está pidiendo libros porque se aburre.

El pobre león se la pasaba escupiendo pelos rojos. Había intentado vomitar a Tomás Carrasco miles de veces.

—Es el colmo. Lo tengo ahí sin cobrarle renta, sin cobrarle comida, y ahora quiere libros. ¿Tengo cara de bibliotecario?

—¿Quién te pidió que te lo tragaras? —dijo Carmela—. ¿No sabías que era mi marido, mi propiedad privada?

—Uno tiene sus debilidades —suspiró Rigoberto—. Ay, Carmela, estoy arrepentido. Al otro lado está África, mi patria querida, donde Ramona me espera, pero no puedo cruzar el mar con esta barriga tan pesada. Además, sería una delicia para los tiburones.

—Te confundirían con una ballena y no se meterían contigo —dijo Carmela—. ¿Cuál Ramona?

—Ramona Masai, una viuda de Serengueti —precisó Rigoberto—. No creo que la conozcas. Me mandó una foto el año pasado, pero se me borró de tanto darle besos.

—¡Ay, no te imaginas cuánto sufre una viuda! —suspiró Carmela—. Creí que andabas de amores con una tal Carlota.

—Murió hace siglos, pero he dormido algunas noches en el jardín de su casa.

—¿Y cómo viniste a parar por acá?

—Compré una guía turística —dijo Rigoberto—. Me vine a pata por Panamá y Nicaragua, disfrutando del paisaje y la caridad pública. La gente me arroja monedas porque cree que tengo una enfermedad. Más de uno me ve como el león elefante y me aconseja ingresar a un circo. ¿Han recorrido el país? Ya estuve en Oaxaca, Cuernavaca, Guadalajara, Veracruz y Villahermosa. Señores, ¡qué país tan divino!

Soltó una ventosidad y se puso más colorado que un tomate.

—¡Qué pena! Me duele la barriga. Tengo llenura.

—Entonces mi sospecha era cierta —dijo Sansón Carrasco, con la navaja en una mano y la botella de ron en la otra—. Disculpen que les interrumpa la charla, señores. A ver, Rigoberto, tómate tres sorbos y cierra los ojos.

Sorpresa ni grande
ni chiquita

◆ En menos de quince minutos, el doctor Sansón Carrasco abrió la barriga de Rigoberto, rescató entero a su padre y cosió.

—Tiene buena mano el doctor —dijo Rigoberto, y se bebió otros tres sorbos de ron—. Me siento como una pluma en el aire.

Luego cantó con los ojos vidriosos y el pulso alborotado:

Soy basurita
que arrastra el viento...

—Entonces es cierto el cuento de que Jonás estuvo tres días en el vientre de la ballena —dijo Sansón, limpiándose el sudor de la frente.

—Todo el mundo le creyó, menos su mujer —dijo Carmela.

—Al papá de Pinocho le pasó algo parecido.

—Era viudo —dijo Carmela.

—Y a la abuela de Caperucita, acuérdate —dijo Sansón—. El cazador le abrió la barriga al lobo, sacó a la abuela y puso unas piedras antes de coser. El lobo, muerto de sed, se ahogó al rato en el río.

—¡Ay, Tomás!, lo creo porque lo veo —dijo Carmela.

—Ya estaba harto de comer ratones —dijo Tomás, con cierto olor a cañería, y escupió un pedacito de cola.

La barba casi le llegaba al ombligo.

—Mi osito pelirrojo, no te veo mal —dijo Carmela—. Cuando te laves la boca, te doy un beso.

—Ay, gatita, te hizo provecho mi ausencia.

—¿Todavía me quieres?

—Estuve en el más allá y ni por un segundo dejé de adorarte.

Entonces Carmela reconoció que el presagio de Mavé se había cumplido: su hombre había regresado del más allá para seguirla queriendo. Ambos se contemplaron embobados.

Rigoberto, por su parte, se mostró aliviado y ofendido. Después de tanto tiempo con ese hombre en la barriga, ni siquiera recibía un agradecimiento, y mucho menos una recompensa. Quiso saber si aún conservaba el empleo.

—¿Estás borracho? —dijo Carmela—. ¿Y si te vuelves a comer a mi marido?

Aunque ni muerto de hambre volvería a comerse a Tomás Carrasco, Rigoberto consideró que ya no era necesa-
rio en el circo de Carmela ni en ningún otro circo y se alejó a toda prisa, liviano como el viento, con la botella de
ron casi vacía.

—Ramona me va a confundir con el mismísimo Brad
Pitt.

Se perdió entre los cocoteros, escupiendo los últimos pelos rojos, y contemplando la posibilidad de volverse vegetariano, no sólo por el fastidio de los pelos, sino porque ya tenía algunos ahorros en el banco. Podía pedir lo que se le antojara en cualquier restaurante. El rumor de que se había ganado la lotería también era cierto. Se rió solo al imaginar que le gritaba al mesero desde el fondo del restaurante:

—Sírvame cualquier cosa que no sea peluda.

Le encantaba el país, pero se moría de ganas de ver a Ramona Masai. El amor podía más que la geografía. Ahora que era rico y se había librado de la monstruosa barriga, podía viajar en barco, en primera clase, o en avión.

—Mi pelirrojo adorado, mi vida, cuánto te extrañé —dijo Carmela—. Vamos a casa. Te bañas y verás cómo te voy a adorar.

—Pero no más circos —advirtió Tomás.

—No más circos. Ya viste el talento del doctor. Tenemos un hospital de animales. Necesitamos un ayudante. Tengo un negocio de galletas y leo las líneas de la mano. Necesito que me amases, ¿qué dices?

—Carmela, contigo toda la vida —dijo Tomás, emocionado hasta los cabellos—. Tú eres la harina de mi dicha.

Carmela soltó la risa.

Tomás estornudó con la intensidad de un cañón.

—Hacía tanto que no estornudaba al aire libre.

—Vámonos, mi pelirrojo, que dejamos a Serafina atendiendo y debe de estar toda atareada.

—¿Esa lora todavía vive?

Sansón había saltado a la bicicleta y ya daba el primer pedalazo cuando Carmela gritó:

—¿Piensas abandonarnos, pequeño?

Sansón palideció de repente y tragó saliva, asustado como un niño.

—Les tengo una sorpresa —dijo.

—¿Buena o mala? —preguntó Carmela.

—Tengo una novia y voy a casarme.

—¿Grande o chiquita? —dijo Carmela.

—Ni grande ni chiquita —precisó Sansón.

—Sean grandes o chiquitos, quiero nietos en seguida —dijo Carmela.

Sansón recuperó los colores y se le escurrió la baba.

—Se llama Norma y la conocí en un sueño —dijo.

—¿Cómo así que en un sueño? —dijo Tomás.

—Soñé con una casita en los montes de Huauchinango, me desperté, fui a la casita y allí estaba, esperándome, Norma Violines.

—Entonces corramos a preparar la boda —dijo Tomás—. Debe ser una mujer muy bella si tiene la música en el apellido.

—Sólo les pido un favor: no inviten a Ludovico —intervino Carmela.

—¿A quién? —preguntó Sansón.

—Un amigo que tu papá tiene en Rumania —explicó Carmela—. El pobre no encontró quién le cuidara el elefante y se lo trajo a nuestra boda.

—Para abreviar el cuento y considerando el afán que debes tener, el elefante se sentó en el pastel de bodas —remató Tomás.

—Esta boda será en grande y sin elefante —dijo Carmela.

Y así fue.

Pamplona, 2003

UNA PROPUESTA NADA INDECENTE:
Carmela en el ciberespacio

Carmela toda la vida surgió de la propuesta que, a finales de 2002, Daniel Goldin me hizo para que escribiera una historia a través de la página de Internet *chicosyescritores*, un sitio para niños y niñas de habla hispana creado por la Universidad Nacional Autónoma de México y el Fondo de Cultura Económica. En este foro, con la intención de estimular su desarrollo lector y creador, los niños colaboran con diversos autores para escribir historias en conjunto.

Acepté de inmediato. Me emocionó la confianza y me asustó el reto, pero casi veinte años de trabajo con los niños me han dejado una experiencia que me respalda y me permite atravesar la cuerda floja, aunque de ninguna manera me calma los nervios.

Decidí proponer la historia completa de Carmela, personaje de un cuento mío: la enana casi calva que se enamora de todo el mundo. A partir de esta idea principal, los niños fueron aportando sugerencias para construir el cuento, que habla de sus fracasos amorosos (un marinero, un ciclista, el sapo) y de su definitivo y verdadero amor: el dueño de un circo. Presenté como primer capítulo los amores fallidos de Carmela y sugerí como segundo capítulo su relación con Tomás, el dueño del circo; para éste, retomé las aportaciones de los niños: los cabellos rojos de Tomás, unos girasoles gigantes, las galletas, la pinta de payasa de Carmela. Tomé en cuenta estos elementos para el desarrollo posterior de la trama y dejé en remojo otros: las altísimas plataformas de Carmela, los lentes de sol, el túnel del amor, la barba hasta la cintura de Tomás, los jitomates y las naranjas, la mujer bala que cae de un circo vecino, el astronauta. Algunos encontraron acomodo, otros seguirán pendientes. Luego, les propuse a los niños que contaran la boda en el tercer capítulo y me llevé verdaderas sorpresas. Ellos, observadores del mundo, resultaron expertos en bodas. Me faltó espacio para atender sugerencias. Como los capítulos debían ser más o menos iguales, el espacio fue el tirano. Pero más sorpresas aún me trajo la propuesta para el cuarto capítulo: una desgracia en la vida de Carmela. De hecho no hubo una desgracia que no le pasara a Carmela, igual que a su hijo, el gigante Sansón. Tantas desgracias darían para otro libro. Las mencioné como posibilidades en el diálogo entre Carmela y su marido después del parto, y así quedaron como las desventuras que nunca sucedieron. Algunos se acordaron de Tomás y se lo dieron de alimento a Rigoberto. Trabajé esta idea: una verdadera revelación. Desde antes sabía que el león se tragaría a Tomás, pero no imaginaba la reacción de los niños. Por suerte, ellos mismos sugirieron esta posibilidad.

Una niña me escribió una carta conmovedora, quejándose, entre otras cosas, porque Rigoberto se comió a Tomás y por la indiferencia de Carmela por su muerte y la pérdida del circo. La niña no sabía entonces que Tomás saldría sano y salvo de la barriga del león. Para consolarla, transformé a Carmela en un río de tantas lágrimas que alcanzaron hasta para vender y rindieron ciertos beneficios económicos. Cuando la situación se pone tan mala, no se pueden desperdiciar ni las lágrimas, como diría un cocodrilo filósofo. Oculté las emociones de Carmela por una razón estética. Quería que cuando expresara su dolor —una vez se encuentra sin el circo, sin el marido, sin el hijo y con la única compañía de una lora vieja—, la imagen de río de lágrimas tuviese una fuerza singular. La propuesta del quinto capítulo fue elemental: resolver la historia. Los niños, es decir, las niñas —los niños se rezagaron—, respondieron de manera efusiva, detallada y copiosa, cada vez más entusiasmadas. Algunos textos eran verdaderos finales y no quise desperdiciar un material tan rico, así que decidí presentar el final en tres capítulos. El séptimo capítulo es el verdadero desenlace de la historia.

Si alguien desea seguir con más detalle el proceso creativo de

Carmela debe leer las reflexiones de las distintas etapas en www.chicosyescritores.org

El experimento fue una experiencia deliciosa y agotadora. Soy lento, muelo una idea durante años, pero aquí debía resolver cosas inmediato. Me angustiaba la imposibilidad de borrar y volver a escribir y el compromiso con tantos niños no me permitía dormir tranquilo. De ninguna manera podía dejar esta historia a medias, ni podía mantenerla en conserva algunos años ni, en el peor de los casos, arrojarla a la papelera. Además, los niños, durante el experimento, debían esperar dos o tres semanas para pasar de un capítulo a otro. Con el libro en las manos, basta con voltear la página. Así, la relación de complicidad y la magia que compartí con ellos, me mantuvieron en estado de gracia. Aparte de los capítulos y las propuestas, les envié carta de agradecimiento, les presenté cuentos a manera de regalo y dibujé dos personajes. Los niños también dibujaron su propia Carmela; en la página se creó una sección de juegos con sopas de letras y crucigramas dedicados a la historia de Carmela; y los niños de Euterpe, una singular escuela mexicana, hicieron coplas y hasta una obra de teatro.

No debe olvidarse que el experimento hubiera sido imposible sin la estrecha colaboración de maravillosos profesores como Leonardo Rodríguez Leite, de Brasil, quien tradujo a sus alumnos mis páginas y con habilidad de mago obtuvo esplendorosos resultados; en la Ciudad de México, Elia Crotte, cantante y cuentera, le proporcionó la banda musical a la vida de Carmela con sus coplas; en La Plata, Argentina, Laura Dippolito fue un hada madrina de alto vuelo; y agradezco en otros sitios a tantos otros que no conocí. Marina Kriscautzky, desde el corazón de *chicosyescritores.org*, estableció el puente.

Y, fundamental, el juego que establecí con los niños. Paula Matuk me habló de unas galletas y de inmediato inventé las galletas Matuk. Con los nombres de los participantes brasileños, excelentes, por cierto, bauticé a un payaso, Bernardo de Sousa. El nombre de una niña sirvió para su novia, Rafaela Carvalho. Al final, los niños continuaron el juego. Comenzaron a mencionarse en los textos, a echarse bromas, imagino que muertos de risa. Así nació la famosa modelo de trajes de baño y ropa interior, Alejandra Trujillo. Esta niña es la autora de una frase preciosa que, por desgracia, no encontró sitio en la historia: "Vivieron enanos para siempre". Incluí las sugerencias que me *tocaban* y, además, convenían al desarrollo de la historia. "Cuando Sansón nació, Carmela se asustó porque era lindo", por ejemplo, es una frase que no podía desaprovechar.

El otro aspecto para destacar es la mirada sobre Carmela. Enana y pelona, decidí no ponerle ni un centímetro ni un pelo más. Me propuse el reto de que todos dejaran de ver fea a Carmela, y así fue. En las últimas colaboraciones nadie, absolutamente nadie, se preocupó por su estatura y sus cabellos. En la boda, incluso algunos la consideraron bella. Porque ahora en su mirada había sentimiento, imaginación, experiencia. Enseñar a ver el mundo es uno de los propósitos del arte. En cierto modo, el arte vuelve a crear el mundo.

TRIUNFO ARCINIEGAS
Pamplona, 2003

Índice

Carmela toda la vida de Triunfo Arciniegas,
núm.173 de la colección *A la orilla del viento*,
se terminó de imprimir en los talleres de
Impresora y Encuadernadora Progreso, S.A. de C.V. (IEPSA),
Calzada San Lorenzo núm. 244; 09830, México, D.F.,
durante el mes de agosto de 2004.
El cuidado de la edición
estuvo a cargo de Marcela Rocha.
Tiraje: 5000 ejemplares.